U0101901

蔣思昉書《赤壁賦》

蔣思昉 著

江蘇美術出版社

出品人 周海歌
责任编辑 郑晓
曹智滔
装帧设计 王主
责任校对 吕猛进
责任监印 朱晓燕

图书在版编目（CIP）数据

蒋思昉书《赤壁赋》/蒋思昉书．—南京：江苏美术出版社，2012.11
ISBN 978-7-5344-5274-1

Ⅰ．①蒋…　Ⅱ．①蒋…　Ⅲ．①汉字—法书—作品集—中国—现代　Ⅳ．①J292.28

中国版本图书馆CIP数据核字（2012）第268764号

书　　名　蒋思昉书《赤壁赋》
作　　者　蒋思昉
出版发行　凤凰出版传媒股份有限公司
　　　　　江苏美术出版社（南京市中央路165号　邮编：210009）
出版社网址　http://www.jsmscbs.com.cn
经　　销　凤凰出版传媒股份有限公司
制　　版　南京新华丰制版有限公司
印　　刷　南京凯德印刷有限公司
开　　本　889×1194　1/12
印　　张　3
版　　次　2012年11月第1版　2012年11月第1次印刷
标准书号　ISBN 978-7-5344-5274-1
定　　价　30.00元

营销部电话　025-68155677　68155670　营销部地址　南京市中央路165号

出版說明

蔣思昉先生是我國當代著名學者型書法家，幼承庭訓，能詩工書。不惑之年，拜書法大家祝嘉先生為師，苦研書道，宗法『二王』、顔、柳、褚、趙等書體，融古鑄今、博采衆長。既得傳統之神韻，又融時代之氣息，形成了自己獨特的書法藝術風格，人稱『蔣體』。

蔣先生現在年近古稀，欲老而彌堅，勤奮不已，書法藝術更加穩健道勁、氣足神備、日臻化境。本冊墨跡正是蔣先生的一幅精品力作，其筆墨奔放瀟灑、骨健形美、神韻活潑、穩暢沉着，點畫連接處，欲斷意連，用筆按而不滯、提而不浮、頓而守度、挫而含情，行筆極富節奏感。

本書出版，感謝羅興洪先生的大力支持和幫助，誠望有識之士和學書同道不吝賜教，在此深表感謝！

釋文

壬戌之秋，七月既望，蘇子與客泛舟游於赤壁之下。清風徐來，水波不興。舉酒屬客，誦明月之詩，歌窈窕之章。少焉，月出於東山之上，徘徊於鬥牛之間。白露橫江，水光接天。縱一葦之所如，凌萬頃之茫然。浩浩乎如憑虛御風，而不知其所止；飄飄乎如遺世獨立，羽化而登仙。

於是飲酒樂甚，扣舷而歌之。歌曰：『桂棹兮蘭槳，擊空明兮溯流光。渺渺兮於懷，望美人兮天一方。』客有吹洞簫者，倚歌而和之。其聲嗚嗚然，如怨如慕、如泣如訴，餘音裊裊，不絕如縷。舞幽壑之潛蛟，泣孤舟之嫠婦。

蘇子愀然，正襟危坐，而問客曰：『何爲其然也？』客曰：『「月明星稀，烏鵲南飛。」此非曹孟德之詩乎？西望夏口，東望武昌，山川相繆，鬱乎蒼蒼，此非孟德之困於周郎者乎？方其破荆州，下江陵，順流而東也，舳艫千里，旌旗蔽空，釃酒臨江，橫槊賦詩，固一世之雄也，而今安在哉？况吾與子漁樵於江渚之上，侶魚蝦而友麋鹿，駕一葉之扁舟，舉匏樽以相屬。寄蜉蝣於天地，渺滄海之一粟。哀吾生之須臾，羨長江之無窮。挾飛仙以遨遊，抱明月而長終。知不可乎驟得，托遺響於悲風。』

蘇子曰：『客亦知夫水與月乎？逝者如斯，而未嘗往也；盈虛者如彼，而卒莫消長也。蓋將自其變者而觀之，則天地曾不能以一瞬；自其不變者而觀之，則物與我皆無盡也。而又何羨乎！且夫天地之間，物各有主，苟非吾之所有，雖一毫而莫取。惟江上之清風，與山間之明月，耳得之而爲聲，目遇之而成色，取之無禁，用之不竭，是造物者之無盡藏也，而吾與子之所共適。』

客喜而笑，洗盞更酌。肴核既盡，杯盤狼藉。相與枕藉乎舟中，不知東方之既白。

赤壁賦
壬戌之秋七月
既望蘇子與客

泛舟遊於赤壁
之下清風徐來
水波不興舉酒

属客诵明月之
诗歌窈窕之章
少焉月出于东

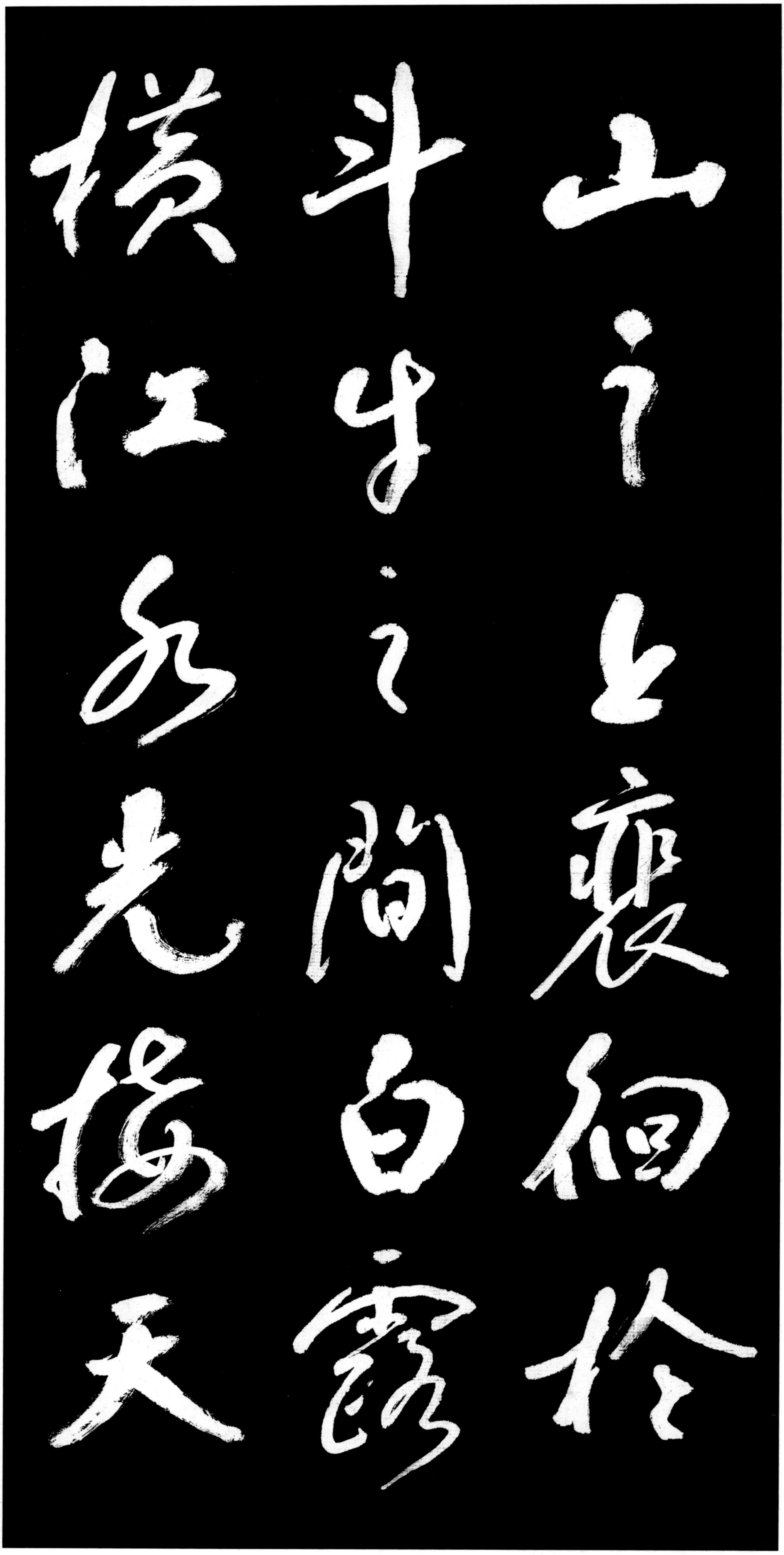
山之上徘徊於
斗牛之間白露
横江水光接天

縱一葦之所如凌萬頃之茫然浩浩乎如馮虛

御風而不知其
所止飄飄乎如
遺世獨立羽化

而登仙於是飲
酒樂甚扣舷而
歌之歌曰桂棹

兮蘭槳擊空明
兮泝流光渺渺
兮予懷望美人

兮天一方客有
吹洞簫者倚歌
而和之其聲嗚嗚

然如怨如慕如
泣如诉余音袅袅
不绝如缕舞幽

壑之潛蛟泣孤
舟之嫠婦蘇子
愀然正襟危坐

而問客曰何為其然也客曰月明星稀烏鵲南

飛此非曹孟德
之詩乎西望夏
口東望武昌山

川相繆鬱乎蒼蒼
此非孟德之困
於周郎者乎方

其破荆州下江
陵顺流而东也
舳舻千里旌旗

蔽空釃酒臨江
橫槊賦詩固一
世之雄也而今

安在哉况吾與子漁樵於江渚之上侶魚蝦而

友麋鹿駕一葉
之扁舟舉匏樽
以相屬寄蜉蝣

於天地渺沧海
之一粟哀吾生
之须臾羡长江

之無窮挾飛仙
以遨遊抱明月
而長終知不可

乎驟得托遺響
於悲風蘇子曰
客亦知夫水與

月乎逝者如斯
而未嘗往也盈
虛者如彼而卒

莫消長也蓋將
自其變者而觀
之則天地曾不

能以一瞬自其
不變者而觀之
則物與我皆無

盡也而又何羨
乎且夫天地之
間物各有主苟

非吾之所有雖
一毫而莫取惟
江上之清風與

山間之明月耳
得之而為聲目
遇之而成色取

之無禁用之
不竭是造物者
之無盡藏也而

吾與子之所共
適客喜而笑洗
盞更酌肴核既

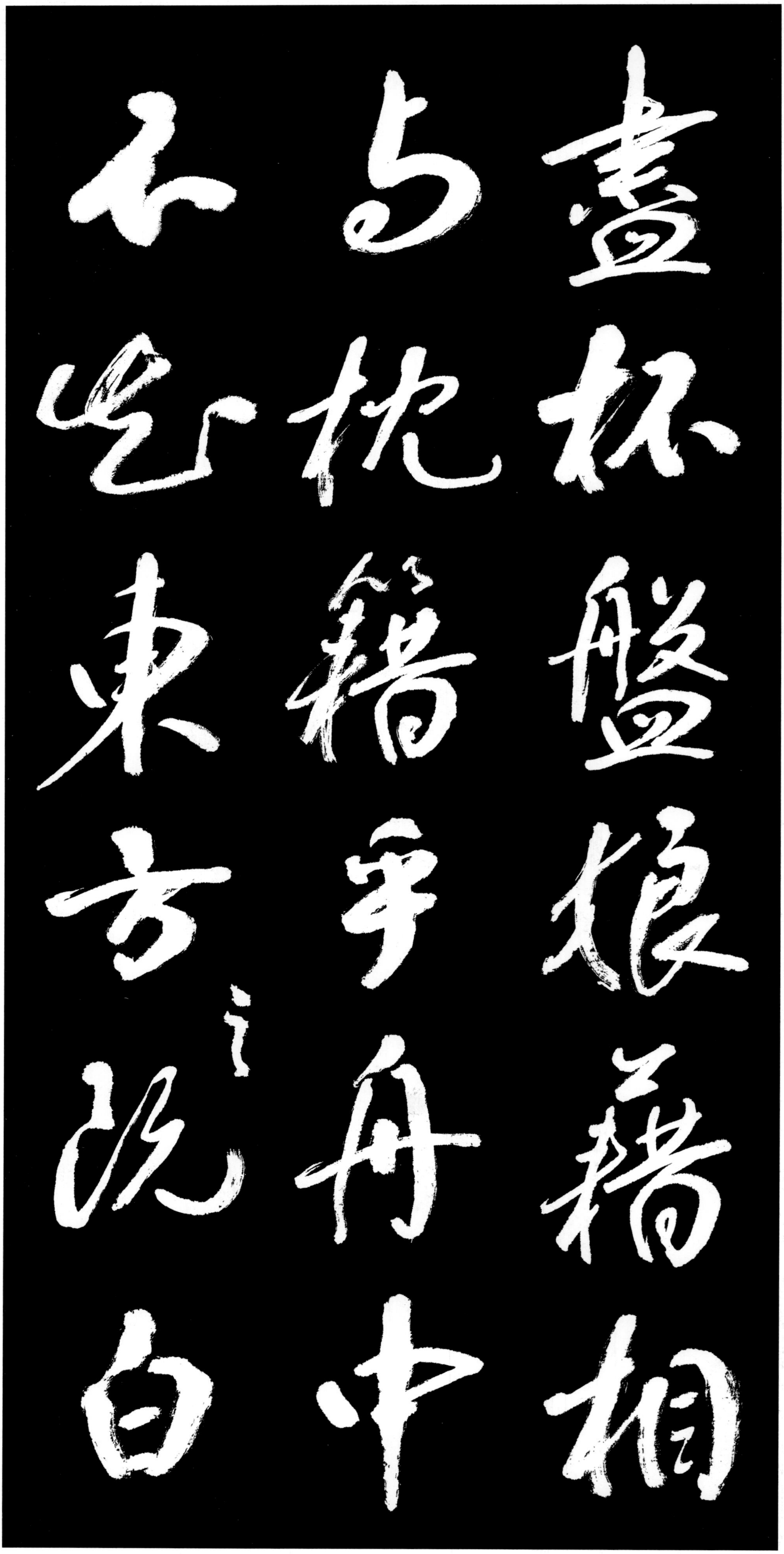
盡杯盤狼藉相
與枕藉乎舟中
不知東方之既白

蘇東坡前赤壁賦

壬辰孟秋書於南京夫子廟

蔣思昉

蔣思昉藝術簡歷

蔣思昉又名思訪，字旭初，號少曦。一九四四年三月生于江蘇泗陽。大學文化，現居南京。當代中國實力派百強書法家、國家一級書法師、中華詩詞學會會員、中國書法家協會會員、江蘇揚子書畫學院教授、江蘇省鐵道兵書畫院常務副院長。曾出版楹聯千餘幅及《中小學生日常行為規範楷書帖》、《蔣思昉書〈正氣歌〉》，名載《當代中國書畫領軍人物》等多部典籍。《中小學楷書帖》曾作為許多學校書法教材，《正氣歌》被鐫刻作為淮海碑林主碑，《沁園春·雪》被毛主席紀念堂收藏。

二〇〇六年，作為中外文化藝術家代表，先後出訪了俄羅斯、韓國、日本、蒙古等國，受到國內外專家和學者的高度贊揚，被譽為『深受廣大人民群衆歡迎的書法家』。